L'ANE

ET LES

TROIS VOLEURS

PROVERBE GARIBALDIEN

EN UN ACTE ET EN VILE PROSE

Arrive un troisième larron
Qui saisit maître Aliboron.

DEUXIÈME ÉDITION

Prix : 50 centimes

PARIS

POULET-MALASSIS ET DE BROISE

LIBRAIRES-ÉDITEURS

9, rue des Beaux-Arts, 9

1860

L'ANE

ET LES

TROIS VOLEURS

2e ÉDITION

La scène est aux environs de NAPLES (Piémont)

PERSONNAGES

GARIBALDI.
MAZZINI.
M. DE CAVOUR.
L'ANE.

BUFFALMACO,
PRESTOLI,
TONITRU,
ROTONDO,
Secrétaires.

Alexandre DUMAS, l'amiral ÉMILIO, un correspondant du Times.

Courriers, Aides de camp, Comparses.

SCÈNE Ire.

L'antichambre de Garibaldi.

BUFFALMACO, PRESTOLI, TONITRU, ROTONDO,
UN CORRESPONDANT DU *TIMES*.

BUFFALMACO.

Attention à nous, et pas de lapsus dans la traduction de la proclamation du dictateur. Il n'aime pas à prêter à rire aux puristes napolitains avec ses cuirs piémontais. Mais voilà Prestoli. Eh bien, qu'y a-t-il de nouveau aujourd'hui?

PRESTOLI.

Peu de chose, trois proclamations que l'on vient d'apporter de la part d'Alexandre Dumas, le fournisseur attitré : l'une pour les femmes de Salerne, l'autre pour les mères calabraises en masse, l'autre enfin pour les filles nubiles de la terre de Labour.

TONITRU.

Si Alexandre Dumas continue, il aura bien vite épuisé son marché et gagné son salaire.

ROTONDO.

Quel salaire ?

PRESTOLI.

La concession a perpétuité du mont Vésuve pour y donner des représentations volcaniques aux touristes des deux mondes. C'est une assez jolie idée que cette exploitation de la curiosité européenne en général, et anglaise en particulier. Et le monde conviendra qu'il y a encore du nouveau sous la calotte du ciel quand il verra sur d'immenses affiches promenées dans toutes les capitales : *Dimanche prochain*, il y aura *Grande éruption* ou *Petite éruption*, comme on lit sur la galerie des omnibus : *Demain, grandes eaux de Versailles.* — Mais quel est ce bruit ?

BUFFALMACO.

Rien : le vent de la mer ou quelque coup de canon dans le lointain.

PRESTOLI.

Non ! j'y suis maintenant, c'est le dictateur qui a éternué.

UN CORRESPONDANT DU TIMES, *écrivant et lisant tout haut.*

« Une chose que l'on n'a pas encore dite, et qui mérite cepen
« dant une mention, c'est le bruit extraordinaire que fait Gari
« baldi en éternuant. On attribue une partie de ses succès à
« l'impression partout produite par cette faculté formidable,
« d'égaler ainsi par une simple explosion de la muqueuse
« chatouillée le bruit du canon. Du reste, c'est un fait que
« tous les grands héros de l'antiquité éternuaient fortement.
« L'aptitude merveilleuse de Garibaldi pour l'exercice des
« fonctions sternutatoires est un de ces signes providentiels
« qui expliquent la fascination d'un homme et qu'il eût été
« puéril de négliger. »

BUFFALMACO.

Et quand il éternue ainsi, c'est mauvais signe : c'est que les rhumatismes vont mal. Il est bien rare qu'on ne fusille pas quelqu'un ce jour-là.

PRESTOLI.

En effet, je me souviens que la veille du jour où il renvoya La Farina par les voies rapides, il avait éternué trois fois. Il avait éternué aussi dans la matinée du jour où il fit fusiller les trente-neuf bourgeois de Milazzo.

LE CORRESPONDANT DU TIMES, *écrivant.*

« Il paraît, d'après ses familiers, que cet éternument
« dont je parlais tout à l'heure est un signe de grande colère
« chez le dictateur. Il est rare, quand il a éternué, qu'il ne
« fasse pas fusiller quelqu'un dans la journée. C'est là une fai-
« blesse que notre franchise de sincère admirateur du grand
« homme nous permet de blâmer respectueusement. »

PRESTOLI.

C'est une justice à rendre aux journalistes anglais, qu'ils ont un vif sentiment de la situation.

BUFFALMACO.

Parbleu ! ils écrivent sous sa dictée.

PRESTOLI.

N'avez-vous pas entendu ? Cette fois, ce n'est plus un éternument, c'est un soupir.

LE CORRESPONDANT DU TIMES.

« Dépêche télégraphique, 4 septembre 1860, neuf heures
« quarante-cinq minutes du matin. Le dictateur a soupiré.»

BUFFALMACO.

Je parie que c'est cette satanée proclamation de Nicotera à ses soldats, au sujet du chaud accueil fait à *son épouse*, qui tourmente le dictateur. Cette lune de miel semble insulter à sa lune rousse, et il faut convenir que, s'il est galant, le procédé de Nicotera n'est pas délicat. (*On entend une voix tonnante crier : Holà !*)

SCÈNE II.

GARIBALDI, LES MÊMES, COURRIERS.

GARIBALDI.

Mon courrier !

TOUS LES SECRÉTAIRES.

On y va, Excellence ! on y va.

(Entrent douze courriers, éperonnés, bottés, poudreux et à jeûn. Ils dé-filent un à un dans la tente, faisant claquer leur fouet et résonner leurs grelots. Chacun d'eux porte sa missive sur un plat d'argent.)

GARIBALDI.

Halte ! (*Ils s'arrêtent.*) Ces gaillards-là me laisseront, je pense, achever mon monologue.

SCÈNE III.

GARIBALDI, *seul.*

r porte la chemise rouge de rigueur. Un foulard à sujets, noué derrière sa nuque, soutient dans ses plis son bras rhumatismé.)

Cet animal de Nicotera est vraiment sans égard pour moi. Aller faire une proclamation pour célébrer la venue de sa femme. L'imprudent! Il ne sait donc pas que faire ainsi sonner son bonheur, c'est appeler l'ennemi ? Il ne sait donc pas d'ailleurs que les devoirs du général sont incompatibles avec ceux du mari ? Je vais lui donner le choix entre le renvoi de sa femme ou sa démission. Il faut faire un exemple. Cela lui apprendra à être heureux. Car il est heureux, lui, et moi je suis... Oh ! non, je n'aurai jamais la force de prononcer ce mot !... (*Aux courriers qui attendent l'ordre :*) Entrez, tas de fainéants !

PREMIER COURRIER.

Seigneur, j'arrive de Turin, où l'on ne s'entretient que de vos glorieux exploits. M. de Cavour m'a chargé de vous remettre cette lettre, et de vous annoncer qu'elle ne le précédera que de quelques heures. Il n'a pu résister davantage au désir de venir vous complimenter lui-même de vos succès.

GARIBALDI, *à part.*

Que le diable l'emporte ! (*Haut.*) Et comment va ce cher Victor, mon auguste maître ?

LE COURRIER.

On ne peut mieux, seigneur.-

GARIBALDI.

Holà ! gardes! (*Un peloton de la garde dictatoriale fait son entrée.*) Qu'on mette ce messager en prison, afin qu'il ne puisse communiquer avec personne. Du reste, qu'on lui donne pain et vin à discrétion.

SECOND COURRIER.

Seigneur, j'arrive de la Sicile avec un pli du prodictateur Depretis.

GARIBALDI.

Voyons son rapport d'hier. (*Il lit tout haut :*) « Tout va bien; « il n'y a eu hier qu'un homme de tué. » Va-t'en dire à celui qui t'a envoyé qu'il faut tâcher que demain il n'y ait personne de tué. Ces petits désagréments nous font du tort aux yeux de l'Europe.

(Le deuxième courrier sort.)

TROISIÈME COURRIER.

Seigneur, j'apporte le contre-rapport du signor Crispi.

GARIBALDI, *lisant.*

« Le seigneur Depretis est un traître qui abuse de votre « autorité pour la compromettre... » Qu'on rappelle le premier courrier de Palerme.

PREMIER COURRIER.

Qu'est-ce, Seigneur?

GARIBALDI.

N'as-tu pas une autre lettre du seigneur Depretis?

LE COURRIER.

Ah! pardon, Excellence, j'oubliais. Le seigneur Depretis m'a chargé de vous remettre, à chacun de mes voyages, un nouvel exemplaire de ce petit papier.

GARIBALDI.

C'est à merveille. C'est un rapport contre Crispi que Depretis a fait autographier, par précaution, dans le cas où un premier exemplaire ne suffirait pas. Tout va bien. Quand les deux chefs d'un gouvernement se dénoncent l'un l'autre, cela prouve que la machine fonctionne régulièrement. (*A un secrétaire :*) A propos, écrivez à Sirtori de ne pas m'envoyer d'hommes; j'ai assez de bouches à nourrir comme cela. Vous donnerez l'ordre à ce courrier.

QUATRIÈME COURRIER.

Seigneur, je vous apporte une lettre du seigneur Mazzini.

GARIBALDI.

Fort bien. Et où est ton maître en ce moment?

LE COURRIER.

Partout et nulle part.

GARIBALDI.

C'est cela même. Voilà la vraie devise de ce grand citoyen.
Tu es discret, je le vois, et je t'en félicite.

QUATRIÈME COURRIER.

Du reste, Excellence, vous ne tarderez pas à recevoir la
visite du seigneur Mazzini, qui n'a pu résister au désir de
vous féliciter en personne de vos succès. Il est très content de
vous, le seigneur Mazzini.

GARIBALDI.

Il est bien bon. On fait ce qu'on peut. (*A part.*) Encore une
visite agréable ! Que le diable l'emporte !

CINQUIÈME COURRIER.

Seigneur, je viens de la part du général Nunziante, qui
vous offre ses services.

GARIBALDI, *à un secrétaire.*

Répondez au général que le carton aux demandes est rem-
pli, et que sa pétition sera enregistrée...

LE SECRÉTAIRE.

Sous le numéro 213.

SIXIÈME COURRIER.

Seigneur, je n'apporte aucune nouvelle. Excusez le dégui-
sement dont je me suis affublé pour pénétrer jusqu'à vous.

GARIBALDI.

Qui es-tu ?

SIXIÈME COURRIER.

Cucupetro Lambellacci, pour vous servir, si j'en étais ca-
pable.

GARIBALDI.

Quelle est ta profession ?

SIXIÈME COURRIER.

Martyr de la cause italienne.

GARIBALDI.

Martyr, martyr, on n'entend plus que cela maintenant.
Tout le monde veut être martyr, et personne ne veut être sol-
dat. Quels sont tes services ?

SIXIÈME COURRIER.

Trois ans de prison.

GARIBALDI.

Qui est-ce qui n'a pas trois ans de prison! Veux-tu être in-
tendant?

SIXIÈME COURRIER.

Volontiers, Seigneur.

GARIBALDI.

Eh bien, je te nomme caporal aux francs tireurs de Cosenz.
Va-t'en te faire enregistrer au contrôle.

SIXIÈME COURRIER.

Mais, Seigneur.

GARIBALDI.

Pas de mais, ou je te fais fusiller.

SIXIÈME COURRIER, *à part.*

J'aime encore mieux fusiller les autres.

GARIBALDI.

Je commence à être fatigué des affaires publiques. Six
courriers expédiés dans ma matinée, un jour de goutte, c'est
bien joli comme cela. (*Aux six autres courriers.*) Allez vous
reposer, mes braves, vous repasserez ce soir. Prestoli, avance
à l'ordre.

PRESTOLI.

Que désire Son Excellence?

GARIBALDI.

Appelle-moi tout simplement Monseigneur. Je ne suis pas
fier, moi. Qu'on place un cordon de sentinelles autour de la
tente et qu'on veille à ce que personne ne me dérange. Je
dois conférer avec deux personnages importants sur les affaires italiennes.

PRESTOLI.

Leur signalement, s'il vous plaît, Seigneur?

GARIBALDI.

C'est inutile, il est probable qu'ils arriveront masqués. Je
vais cependant te donner quelques détails sur leur costume,
afin qu'on ne les fusille pas par mégarde. L'un aura une chemise de laine noire, l'autre une chemise de laine moitié
rouge et moitié noire.

PRESTOLI.

Il suffit. Vous n'avez aucun autre ordre à me donner?

GARIBALDI.

Si. Les journaux étrangers entretiennent auprès de moi un
tas de fâcheux qui me gênent, chargés, chaque fois que je

me mouche, de le faire savoir à l'Europe. Cette inquisition commence à m'ennuyer. La vie privée doit être murée, que diable ! Si l'on prend quelqu'un d'entre eux en flagrant délit d'espionnage, qu'on lui coupe les oreilles, cela lui apprendra son métier.

PRESTOLI.

A merveille, Seigneur.

On entend un grand bruit d'ailes, pareil à celui d'un vol de canards qui s'éloignent. Ce sont les correspondants des journaux qui se sauven^t avec leurs oreilles.

GARIBALDI.

Fais-moi envoyer *L'Opinion Nationale.* C'est le seul journal qui m'ait bien compris, quoique je ne le comprenne pas toujours moi-même.

SCÈNE IV.

GARIBALDI, ALEXANDRE DUMAS, ÉMILIO.

ALEXANDRE DUMAS.

Toc, toc.

GARIBALDI.

Tirez la bobinette et la chevillette cherra.

ALEXANDRE DUMAS.

Toujours simples, ces grands hommes ! C'est bien avec cette familiarité que les héros de Plutarque recevaient leurs amis.

GARIBALDI.

Bonjour, premier historien des temps modernes. Salut, ami désintéressé qui as porté des fusils à mes braves et mis la cause italienne en feuilletons. Puissent les éditeurs couvrir d'or le fruit sacré de tes veilles !

ALEXANDRE DUMAS, *à part.*

Comme ces héros parlent naturellement le langage épique. (*Haut:*) Eh bien ! sauveur de l'Italie, avez-vous songé aux notes que vous m'avez promises pour la suite de vos *Mémoires?* Le million de lecteurs de M. Havin attend sa pâture quotidienne.

GARIBALDI.

A vous franchement parler, je n'ai pas eu le temps. Puis j'ai là un rhumatisme qui favorise médiocrement mes prétentions d'écrivain. Je suis malade, triste, découragé, et me sens des envies de donner ma démission.

ALEXANDRE DUMAS.

Y songez-vous? au plus beau moment! Vous la donnerez à Naples, si vous voulez. Mais n'oubliez pas qu'une moitié de l'Italie attend son libérateur, et que je n'en suis encore qu'au troisième volume.

GARIBALDI, *souriant.*

C'est bon, c'est bon, soyez tranquille, on ne la donnera pas cette démission.

ALEXANDRE DUMAS.

Ah! c'est que, voyez-vous, vous me donnez par moment la sueur froide, avec vos velléités de retraite. Je ne puis pourtant pas laisser en plan mes lecteurs du *Siècle.*

GARIBALDI.

Bah! vous vous tirerez toujours d'affaire. N'avez-vous pas votre imagination pour suppléer à l'aridité de mes souvenirs?

ALEXANDRE DUMAS.

Je ne puis pas pourtant tout inventer. Sans cela, on m'accuserait de romancer l'histoire.

GARIBALDI.

C'est bien. Vous aurez vos notes.

ALEXANDRE DUMAS.

Voulez-vous que je vous communique les épreuves de mon prochain chapitre? Je raconte votre combat singulier contre le tigre.

GARIBALDI.

Quel tigre?

ALEXANDRE DUMAS.

Celui que vous avez étranglé entre vos robustes mains, un soir que vous passiez, allant à un rendez-vous d'amour, dans une forêt vierge de l'Amérique du Sud.

GARIBALDI.

C'est étrange, je ne m'en souviens pas.

ALEXANDRE DUMAS.

O grand homme! au courage ajouter la modestie. Mais ne voyez-vous pas, héros candide et pur, grand enfant sublime, que, si vous ne vous souvenez pas de tout ce que vous avez fait de noble et de grand, cela prouve en votre faveur! — Ne bâillez pas comme cela, Emilio, c'est malhonnête.

EMILIO.

Que voulez-vous! c'est plus fort que moi. Je m'ennuie.

ALEXANDRE DUMAS.

Quand je pense qu'en pleine Italie, à un de ces moments
exceptionnels où on ne peut pas faire un pas sans rencon-
trer un grand homme, elle regrette le théâtre de Belle-
ville !

EMILIO.

Je m'ennuie.

ALEXANDRE DUMAS.

Que diable voulez-vous que j'y fasse? Je ne puis cependant pas fréter un navire pour vous ramener à votre ma-
man. Attendez que nous soyons à Naples, et, si vous êtes
bien sage, on vous fera un beau rôle, et vous remonterez sur
les planches, et vous serez la perle de San-Carlo.

EMILIO, *battant dans ses mains.*

Oh ! oui, un beau rôle travesti ; de beaux costumes de
femme, ruisselants de pierreries ! Allons à Naples ! à Naples !

GARIBALDI.

Quel enthousiasme dans ces frêles natures ! Il n'y a qu'à
savoir les prendre. (*Galamment :*) On est donc déjà lasse de ce
bel uniforme d'amiral ?

ALEXANDRE DUMAS.

Elle a avancé trop vite ; c'est ce qui l'a dégoûtée. J'aurais
dû lui faire attendre plus longtemps les épaulettes..... Mais
quelqu'un a heurté à la porte.

GARIBALDI.

Passez par ce côté. Adieu, maître ; adieu, Emilio.

SCÈNE V.

GARIBALDI, M. DE CAVOUR.

MONSIEUR DE CAVOUR.

Général, je n'ai pu résister au désir de venir vous féliciter
sur vos exploits. Vous voilà décidément un grand homme, le
plus grand de tous, si vous savez vous arrêter à temps...

GARIBALDI.

Que veut-il dire ?

M. DE CAVOUR.

Et si le bruit qu'on a fait courir de votre dernière résolution m'est confirmé par vous-même...

GARIBALDI.

Quelle résolution ?

M. DE CAVOUR.

Qu'il est beau de renoncer à la fois à toutes les faveurs de la fortune ! qu'il est beau de ne vouloir que les dangers de la bataille et de refuser les profits de la victoire ! Vous êtes grand, Garibaldi, vraiment grand, plus grand, j'ose le dire, que Cincinnatus et Washington ! car vous venez après eux, et là où il ne semblait y avoir qu'à imiter, vous puisez dans votre dévouement l'art d'être original. Général, donnez-moi votre main.

GARIBALDI.

Ne m'agacez pas ; je vous ai déjà dit que je ne vous donnerais la main qu'à Venise.

M. DE CAVOUR.

A Venise ! Y songez-vous, malheureux ? Mais cela ne se peut pas. Vous allez nous mettre l'Europe sur le dos. Ce que nous faisons devant Naples est déjà bien assez audacieux comme cela. Je ne sais comment nous raccommoderons les choses, et je ne vois qu'un moyen, c'est de choisir un second, un successeur, un homme de paille enfin, le comte de Syracuse, par exemple, pour abdiquer le pouvoir entre ses mains et vous retirer...

GARIBALDI.

Et vous croyez que je me suis amusé à soulever la Sicile, que j'ai pris Messine, que je me suis battu à Milazzo, où j'ai bien failli même être battu, que j'ai renoncé à mes grades, exposé ma vie, et tout cela pour les beaux yeux d'un successeur qui se sera croisé les bras pendant que moi, à travers les balles, je faisais la besogne ? Eh bien, elle est bonne, celle-là !

M. DE CAVOUR.

Mon Dieu ! comme vous prenez les choses, général ! Il me semble qu'il s'agit cependant d'une détermination qui est non-seulement commandée par les circonstances, mais qui seule peut clore dignement votre histoire. Car enfin, on ne peut pas être un héros à moitié. Soyez sublime jusqu'au bout. La belle misère, en vérité, que votre démission ! Il vaut bien la peine de la marchander comme cela, alors que le monde l'attend pour vous saluer immortel, alors que votre rhumatisme l'exige, alors que votre petite maison de Caprera vous attend, infidèle, et que vos chiens délaissés aboient

.. .our maître absent. Ah! si j'avais eu le temps, comme j'aurais aimé la campagne, comme j'aurais fait de douces promenades le soir, au bord de la mer, en lisant Machiavel!

GARIBALDI.

Eh bien ! monsieur le ministre, vous avez vaincu. Je donnerai ma démission.

M. DE CAVOUR.

O grand homme! laissez-moi vous embrasser en pleurant.

GARIBALDI.

Un moment, vous m'étouffez. Laissez-moi finir, que diable! Je donnerai ma démission le même jour que vous.

M. DE CAVOUR.

Mais alors, monsieur Garibaldi, vous êtes donc un rebelle ?

GARIBALDI.

Rebelle, moi! Ah çà, pour qui me prenez-vous? Avez-vous envie que je vous prie de vous en aller, à la façon de la Farina? Vous commencez à me taper sur les nerfs, savez-vous? Eh sacrebleu! je ne suis pas votre domestique, à la fin! Eh bien, puisque c'est comme cela, je ne la donnerai pas ma démission, ou si je la donne...

M. DE CAVOUR.

Achevez, malheureux.

GARIBALDI.

Eh bien, je la donnerai en faveur de Joseph Mazzini, que voilà.

SCÈNE VI.

GARIBALDI, M. DE CAVOUR, MAZZINI.

M. DE CAVOUR, *à part.*

En voilà un qui arrive toujours au bon moment. (*Haut :*) Bonjour, monsieur Mazzini.

MAZZINI.

Bonjour, citoyen Cavour.—Bonjour, mon brave Garibaldi. Toujours colère, à ce qu'il paraît?

GARIBALDI.

Comment veux-tu aussi qu'on puisse y tenir? Voilà un bureaucrate qui me demande tous les jours ma démission. Passe encore si c'était toi : je saurais du moins que je remets l'affaire entre bonnes mains.

MAZZINI.

Le moment n'est pas encore venu. Du reste, quoi qu'il dise
et qu'il fasse, M. de Cavour fait jusqu'ici si bien nos affaires
que je suis prêt, à la condition qu'il continuera, à lui donner
carrière. Le jour où il me gênera, je le préviendrai vingt-
quatre heures d'avance d'avoir à déguerpir, et il déguerpira.

M. DE CAVOUR.

Vous en parlez bien à votre aise, monsieur Mazzini.

MAZZINI.

Vous savez que je suis fataliste, moi. Je le suis si bien, que
j'offre de vous jouer la direction des affaires aux dés, aux
dominos, au bezigue, enfin, à tel jeu qu'il vous plaira.

M. DE CAVOUR.

Merci ! (*A part.*) On voit qu'il a l'habitude des jeux biseautés,
celui-là.

MAZZINI.

Si les cartes vous font peur, nous pouvons employer tel
autre moyen qu'il vous plaira. Tenez, je parie que vous qui
prétendez tenir en bride la révolution italienne, que vous qui
voulez diriger au gré de votre ambition le fougueux coursier
de l'insurrection, vous ne savez pas seulement vous tenir
sur un âne.

M. DE CAVOUR, *avec dignité.*

Monsieur Mazzini est aujourd'hui en veine de plaisanterie.

MAZZINI.

J'ai des jours comme cela, des coups de soleil, comme on
dit. Les choses vont assez à mon gré pour que je puisse me
dérider un peu. Tu n'as pas un âne à ta disposition, Garibaldi ?
Nous allons rire un peu aux dépens du Cavour.

M. DE CAVOUR.

Monsieur, vous me narguez.

MAZZINI.

Et en face, ce que vous n'osez jamais faire.

M. DE CAVOUR.

Vous manquez au ministre et au roi dans sa personne.

MAZZINI.

Prenez garde de manquer à Mazzini, votre maître futur.

GARIBALDI.

Ne vous disputez pas comme cela, je vais demander l'âne.

SCÈNE VII.

GARIBALDI, M. DE CAVOUR, MAZZINI, L'ANE.

L'ANE.

Hi ! ah ! hi ! ah !

GARIBALDI.

C'est un âne qu'on a pris chargé de bagages dans une escarmouche contre l'arrière-garde du colonel Ruiz. Les soldats l'ont ramené au camp, où on l'a baptisé du nom de Napoli, et où on lui donne plus de coups de bâton que de pitance, ce qui vous explique sa mine piteuse et son échine pelée. Avec tout cela, on y tient. On voit en lui comme l'ironique symbole de la victoire, et mes gas disent en riant que celui qui lui montera dessus est sûr d'entrer à Naples.

MAZZINI, *gravement.*

A vous l'honneur, monsieur de Cavour, de tomber le premier.

M. DE CAVOUR.

Comment! vous voulez soutenir que je pourrais choir de sur une aussi piètre monture ?

MAZZINI.

On tombe de plus haut quelquefois ; les ânes et les vents sont changeants.

M. DE CAVOUR.

Puisque nous sommes en petit comité, je veux bien, pour la rareté du fait et l'honneur de mes dix ans de manége, vous montrer que je puis dompter une révolution qui prend un âne pour emblème.

MAZZINI.

Essayez, mon beau cavalier, et prenez garde à vos lunettes.

M. DE CAVOUR.

Je vais le flatter un peu ; c'est de bonne guerre, n'est-ce pas?
(L'âne rue et fait voler la poussière au nez de M. de Cavour.)

MAZZINI.

Gare la pétarade !

M. DE CAVOUR.

Vos coups de bâton l'ont un peu effarouché, tout de même.

Eh là! tout beau, mon âne ; c'est moi, M. de Cavour. Est-ce que tu oserais jeter un ministre à terre ?

(Il essaie de l'enjamber ; mais l'âne se cabre et désarçonne son cavalier.)

MAZZINI.

Vous y êtes. — A recommencer, si vous voulez. Je suis beau parieur, moi !

M. DE CAVOUR, *se relevant avec peine.*

Que le diable l'emporte ! Et vous, monsieur Mazzini, vous avez triché ; vous lui tiriez la queue. Je l'ai vu positivement. Garibaldi est trop loyal pour n'en pas convenir avec moi.

GARIBALDI.

Je n'ai pas trop bien vu, tant cet animal m'a jeté de poudre aux yeux. Satané Napoli! si je m'y mets, tu ne rueras point ton saoûl, je t'assure.

MAZZINI.

Essaye donc un peu, compère, si tu l'oses. Je ne serais pas fâché de voir une seconde par terre celui qui devant la mitraille reste toujours debout.

GARIBALDI.

Voudrais-tu narguer par hasard, beau héros invisible, pâle conspirateur de nuit ? Tiens, prends encore une leçon d'équitation, et qu'elle te serve au moins le jour où tu te croiras obligé de fuir.

(Il essaie d'enfourcher l'âne, qui recule, se cabre et finit par le renverser sous lui.)

MAZZINI.

La leçon, c'est moi qui la donne. C'est moi qui profite des succès, et qui profite surtout des fautes. Vous, monsieur de Cavour, c'est pour moi que vous intriguez. Toi, Garibaldi, c'est pour moi que tu te bats. Que vous le vouliez ou non, vous êtes l'un la tête, l'autre le bras, dont je me sers pour dominer l'Italie. Vous, monsieur de Cavour, vous êtes un financier ; vous avez minutieusement tout prévu, excepté le fil de soie qui, se rencontrant sous vos pieds, vous fera, au jour dit, trébucher et tomber sur le nez. Toi, Garibaldi, tu es un aventurier, un bretteur, qui ne sais que te battre et marcher en avant, et qui, un beau matin, t'escrimeras contre un mur, et te feras à la tête une bosse qui achèvera de te rendre ridicule. En attendant, adieu ! et sachez, beaux dompteurs no-

n, que, quand on veut monter un âne ré-
 ne le prend pas par devant, Garibaldi, ni par côté,
monsieur de Cavour, mais par derrière, comme cela.

M. DE CAVOUR.

(Il enfourche l'âne et sort de la tente au galop.)

J'aime l'indépendance, mais non l'insolence. Au nom du
roi, monsieur Mazzini, je vous arrête.

GARIBALDI.

Qu'on fusille sur-le-champ mon ami Mazzini.

MAZZINI.

Je suis celui qu'on n'arrête pas, je suis celui qu'on ne tue
pas : je suis la Révolution !

M. DE CAVOUR.

Au voleur !

GARIBALDI.

A l'assassin !

M. DE CAVOUR.

Mon pauvre ami, cet homme-là est plus fort que nous.

GARIBALDI.

Je conviens qu'il m'a dupé.

M. DE CAVOUR.

Il n'y a qu'un moyen de le battre, c'est de nous mettre en-
semble à sa poursuite. Général, donnez-moi votre main.

GARIBALDI.

Le sort en est jeté, je ne vous la donnerai qu'à Venise.

M. DE CAVOUR.

Si vous l'avez encore.

(La toile tombe, aux applaudissements des spectateurs.)

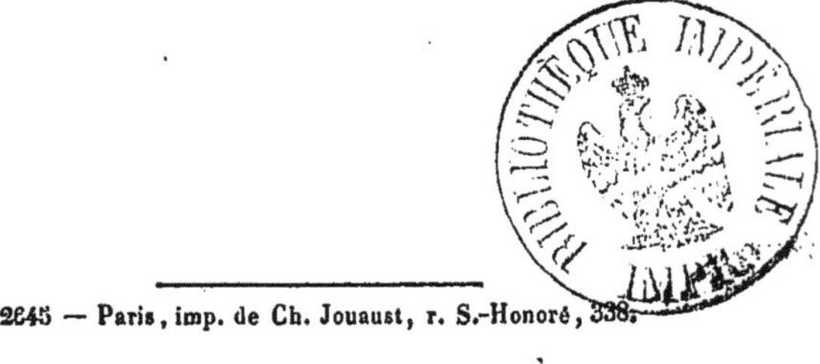

2645 — Paris, imp. de Ch. Jouaust, r. S.-Honoré, 338.